BWYSTFIL
BRYN BUGAIL

Bwystfil Bryn Bugail

Meilyr Siôn

Lluniau Helen Flook

Gomer

Cyhoeddwyd gyntaf yn 2012 gan
Wasg Gomer, Llandysul, Ceredigion, SA44 4JL.
www.gomer.co.uk

ISBN 978 1 84851 400 3

ⓑ y testun: Meilyr Siôn, 2012 ©
ⓑ y lluniau: Helen Flook, 2012 ©

Mae Meilyr Siôn a Helen Flook wedi datgan eu hawl
dan Ddeddf Hawlfreintiau, Dyluniadau a Phatentau 1988
i gael eu cydnabod fel awdur ac arlunydd y llyfr hwn.

Cyhoeddwyd gyda chefnogaeth Llywodraeth Cymru.

Argraffwyd a rhwymwyd yng Nghymru gan
Wasg Gomer, Llandysul, Ceredigion.

1

'Owain, mae'n amser brecwast!'

Agorodd Owain ei lygaid yn araf. Doedd arno ddim mymryn o awydd codi. Llifai arogl cig moch i mewn i'r stafell wely. Teimlai'n llwglyd yn sydyn a llusgodd ei hun yn araf allan o'i wely clyd. Rhwbiodd ei lygaid glas blinedig a rhedeg ei fysedd drwy ei wallt brown cwta er mwyn ceisio dihuno. Gwisgodd ei ddillad yn gysglyd cyn dilyn ei drwyn tuag at yr arogl hyfryd.

Roedd heddiw'n ddiwrnod pwysig – diwrnod cyntaf gwyliau'r haf – ac roedd Owain yn cael treulio'r gwyliau cyfan ar ei ben ei hun gyda'i fam-gu a'i dad-cu ar fferm Ffair Fach. Dyma'r tro cyntaf i hyn ddigwydd. Yn y gorffennol byddai ef a'i fam yn aros ar y fferm am wythnos, ond nid eleni. Doedd hi ddim yn bosib i'w fam gael amser bant o'r gwaith, meddai hi, ond roedd Owain yn gwybod nad hynny oedd calon y gwir. Gallai synhwyro bod rhywbeth mawr o'i le. Roedd ei rieni wedi bod yn cweryla ers amser maith, ac roedd Owain wedi clywed ei dad yn dweud ei fod yn bwriadu symud allan o'u cartref i fyw yn rhywle arall. Ofnai Owain mai ef oedd achos yr holl gweryla.

Yn wahanol i'w gartref yn nhref Caer-llys, roedd fferm Ffair Fach yng nghanol mynyddoedd Parc Cenedlaethol Bryn Bugail. Roedd Owain wrth ei fodd gyda'r ardal. Ei dad-cu, Ifan Daniel, oedd warden y parc, a'r peth cyntaf a wnaeth ar ôl i'w ŵyr gyrraedd y fferm y noson cynt oedd addo mynd ag Owain i bysgota.

'Dyw'r pysgod ddim yn mynd i aros i ti,' meddai Dad-cu yn ei lais dwfn ger y bwrdd brecwast. Gyda'i ysgwyddau llydan a'i freichiau cryfion, edrychai fel cawr yn eistedd ar ei orsedd.

'Mae'n gynnar,' cwynodd Owain, gan edrych ar yr amser ar ei ffôn symudol newydd sbon.

'Beth yw'r teclyn smart hynna?' holodd Mam-gu.

'Ffôn symudol,' atebodd Owain. 'Anrheg pen-blwydd oddi wrth Mam a Dad. Dw i'n gallu syrffio'r we, gwylio'r teledu, tynnu lluniau a chwarae gêmau arno. Mae'n wych.'

'Ydy'r ffôn yna'n gallu dala pysgod?' holodd Dad-cu dan wenu.

'Nac ydy, Tad-cu,' chwarddodd Owain.

'Bwyta dy frecwast nawr. Mae diwrnod mawr o dy flaen di heddiw,' meddai Mam-gu wrth osod y bwyd ar y bwrdd. Roedd Mam-gu bob amser yn brysur. Byddai'n atgoffa Owain o lygoden fach wen yn rhuthro o gwmpas y lle wrth iddi symud o un gorchwyl i'r llall. Byddai bob amser yn gwisgo ffedog gyda phatrwm lliwgar arni. 'Cofia fod Rhian Fron Goch yn dod hefyd, Ifan,' ychwanegodd.

'Pwy?' holodd Owain.

'Y ferch drws nesa. Mae hi'n dod gyda ni. Symudon nhw lan i fyw 'ma llynedd. Bydd hi'n siŵr o ddod â Benji'r ci defaid gyda hi hefyd, gwaetha'r modd,' meddai Dad-cu.

'Beth? Mae *merch* yn dod i bysgota gyda ni?' holodd Owain yn syn. Doedd Owain erioed wedi clywed am ferch yn pysgota o'r blaen.

'Mae Rhian yn bysgotwraig dda,' atebodd Dad-cu. Disgleiriai ei lygaid glas wrth edrych ar ei ŵyr.

'Ac mae hi wrth ei bodd gyda byd natur,' meddai Mam-gu, gan rwbio'i dwylo bach yn ei ffedog liwgar.

'Ond *merch* yw hi! Dw i ddim yn hoffi merched!' cwynodd Owain.

Cododd Dad-cu un o'i ddwylo anferth er mwyn rhoi taw ar y cwyno.

'Gwranda nawr, Owain, bydd hi'n mynd i'r ysgol uwchradd ar ôl y gwyliau, yn gwmws fel ti. Felly, mae llwyth o bethau'n gyffredin rhyngoch chi. Fe ddewch chi'n ffrindiau da, gei di weld.'

Gwenodd Dad-cu'n fodlon, ond doedd Owain ddim mor siŵr.

*　　*　　*

Doedd dim awydd siarad ar Owain yn ystod y daith yn y Land Rover at Lyn Brenin. Roedd yn well ganddo edrych ar y wlad o'i gwmpas. Roedd wrth ei fodd allan yng nghanol byd natur. Doedd dim sôn am neb yn unman, dim un siop nac adeilad. Yr unig beth a welai oedd mynyddoedd, coed a chaeau. Dyma'r lle harddaf yn y byd, meddyliodd.

Ond wnaeth Rhian, ar y llaw arall, ddim stopio siarad. Yn wahanol i Owain, roedd hi'n fyr ac yn fywiog. Roedd ganddi wallt hir, golau a phâr o lygaid brown, direidus.

'Beth amdanat ti, Owain?' holodd yn frwd.

'Beth amdana i?'

'Wyt ti eisiau bod yn warden fel Ifan Daniel ar ôl i ti adael yr ysgol? Dyna beth hoffwn i ei wneud.'

'Dw i ddim yn gwbod,' atebodd Owain braidd yn flin.

'Rhaid i ti esgusodi Owain, mae e wedi blino ar ôl ei daith hir lan aton ni 'ma ddoe. Dyw e ddim wedi arfer codi mor gynnar â hyn ti'n gweld, Rhian,' meddai Dad-cu, gan dynnu coes ei ŵyr.

Trodd y Land Rover yn bwyllog oddi ar yr heol cyn gwneud ei ffordd yn araf ar hyd y trac mawnog, mwdlyd. Dringodd y cerbyd cryf dros fryn bychan. Ar ôl cyrraedd yr ochr arall gallai'r criw weld Llyn Brenin yn llechu'n llonydd ar waelod y dyffryn tawel. Roedd coedwig drwchus o gwmpas pen uchaf y llyn. Codai mynyddoedd Bryn Bugail fel adeiladau anferth tu ôl i'r coed. Oedd wir, roedd hi'n olygfa werth ei gweld, meddyliodd Owain wrtho'i hun.

Yn sydyn, dechreuodd Benji gyfarth yn uchel.

'Rhian, beth sy'n bod ar y ci 'na?' holodd Owain yn ddiamynedd.

'Dw i ddim yn gwbod,' atebodd Rhian.

'Edrychwch,' meddai Dad-cu wrth ddiffodd injan y Land Rover. Roedd haid o geirw coch yn rhedeg i fyny o lannau'r llyn tuag at y goedwig yn y pellter. Tynnodd Owain ei ffôn allan o'i boced er mwyn tynnu llun o'r olygfa.

'Pwy wyt ti'n ffonio? Siôn Corn?' meddai Rhian cyn chwerthin yn uchel.

'Neb!' meddai. 'Defnyddio'r camera, dyna i gyd. Ro'n i am dynnu llun er mwyn 'i ebostio fe at fy ffrindiau,' atebodd Owain yn grac.

'Www . . . fflashi!' meddai Rhian, gan fwytho Benji.

'Nawr 'te, chi'ch dau,' meddai Dad-cu'n llym. 'Dod lan fan hyn heddiw i bysgota 'yn ni wedi'i neud, nid i gwmpo mas. O hyn 'mlaen, dw i am i chi fod yn ffrindie, y'ch chi'n deall?'

'Odyn,' atebodd y ddau'n dawel, gan edrych ar ei gilydd.

'Da iawn. Reit 'te, mae'n rhaid i ni gario popeth i lawr at y llyn. Mae'n rhy wlyb i'r Land Rover fynd lawr fan 'na. Yr un ola i gyrraedd y dŵr sy'n paratoi cinio!' gwaeddodd Dad-cu'n gellweirus.

Felly, rhedodd y tri i lawr at Lyn Brenin. Cyfarthodd Benji'n gyffrous ac anghofiodd Owain a Rhian am eu cweryl. Roedd pawb yn edrych 'mlaen at ddiwrnod da o bysgota.

*   *   *

I fyny ger craig uchel roedd pâr o lygaid yn gwylio'r olygfa swnllyd islaw. Syllodd am rai munudau cyn bodloni nad oedd neb yn dod yn agos. Trodd yn araf i gyfeiriad y goedwig. Roedd hi'n amser mynd adref.

Golchodd Owain y s\
Land Rover coch. R\
sgleinio yn yr haul llac

'O'r diwedd,' medda
sychu'r chwys hallt o'i lygaid glas.

'Ddim wedi arfer â gwaith caled, mae'n amlwg. Pobl feddal yw pobl y dre!' meddai Rhian. Disgleiriai ei llygaid brown yn ddireidus wrth edrych ar y bachgen tal, dieithr yma o'r dre.

Roedd Owain wedi dechrau dod i arfer â'r tynnu coes. Yn wir, credai mai dyma oedd hoff beth Rhian yn y byd – ar ôl Benji, ei chi defaid. Serch hynny, roedd yn rhaid i Owain gytuno â'i dad-cu, roedd hi'n bysgotwraig ardderchog. Doedd e erioed wedi gweld rhywun yr un oed ag ef oedd yn gallu pysgota gyda throellwr, mwydyn a phlu mor effeithiol â hi. Doedd hi byth yn aros yn rhy hir mewn un man. Symudai'n sionc dros y tir trwm a thrwy'r dŵr wrth iddi bysgota ymhob cwr o'r llyn. Er mai bychan oedd hi o ran corff, roedd hi'n amlwg yn berson heini a chryf.

ynhawn roedd hi wedi dal
god braf – brithyll yr enfys.
cododd Rhian y bibell ddŵr yn araf
tuag at Owain.

ae bechgyn yn drewi. Dw i'n credu bod
ngen cawod arnat ti,' meddai'n ddrygionus.

'Na! Paid!' gwaeddodd Owain yn uchel.
Cododd Benji ei ben i edrych ar y ddau blentyn
swnllyd, ond roedd hi'n rhy boeth iddo ymuno
yn eu gêm ddwl.

Yn sydyn, clywodd y ddau lais Mam-gu'n
gweiddi arnyn nhw i ddod i mewn i'r tŷ. Trodd

Owain y dŵr i ffwrdd cyn sgathru ar ôl Rhian i gyfeiriad y ffermdy, a rhedodd y ddau gan daranu'n swnllyd trwy ddrws y gegin. Roedd hi'n amlwg fod rhywbeth o'i le. Gwelodd Owain olwg bryderus ar wynebau ei fam-gu a'i dad-cu.

'Beth sy'n bod?' holodd Owain yn nerfus. Credai o waelod ei galon ei fod ar fin cael newyddion gwael o adre.

'Dw i newydd fod yn siarad ar y ffôn gyda Sarjant Jones,' atebodd Dad-cu'n ddifrifol. 'Mae rhywun yn honni bod cath fawr wyllt yn llechu rywle ym mynyddoedd y parc.'

'Pa fath o gath?' holodd Rhian.

'Piwma mawr du,' atebodd Mam-gu'n ofnus. 'O hyn ymlaen, dw i ddim eisiau i chi'ch dau grwydro o gwmpas y mynyddoedd ar eich pennau'ch hunain, chi'n clywed?' Rhwbiodd ei dwylo'n nerfus yn ei ffedog liwgar. Byddai bob amser yn gwneud hyn pan fyddai rhywbeth yn ei phoeni.

'Dal sownd nawr,' siarsiodd Dad-cu hi'n dyner. 'Does neb yn gwbod faint o wirionedd sydd yn y stori. Bydd yn rhaid i ni weld beth ddigwyddith yn y cyfarfod nos fory.'

'Cyfarfod? Pa gyfarfod?' holodd Owain a Rhian fel deuawd.

'Mae'r heddlu ac Undeb y Ffermwyr wedi trefnu cyfarfod yn y Neuadd Goffa nos fory am saith o'r gloch,' atebodd. 'Mae newyddiadurwyr â'u camerâu ym mhob man, yn holi pobl yn dwll i lawr yn y pentref ar hyn o bryd, yn ôl Alun y siop.'

'Mae'r ffôn wedi bod yn canu drwy'r dydd,' cwynodd Mam-gu'n flinedig, 'a do'n i ddim yn gallu cysylltu â chi a chithau lan yng nghanol y mynyddoedd 'na'n pysgota. Doedd dim signal. Beth petai'r gath fawr wedi ymosod arnoch chi?'

Ysgydwodd Dad-cu ei ben yn araf gan wenu'n dyner ar ei wraig. 'Dw i erioed wedi gweld piwma nac unrhyw gath fawr arall lan ym mynyddoedd Bryn Bugail – a chredwch chi fi, dw i wedi'u cerdded nhw i gyd!' atebodd yn gadarn.

'Dw i'n cofio pobl yr ardal yn sôn am gathod mawr yn cael eu gollwng yn rhydd yng nghefn gwlad 'nôl yn y saithdegau,' mentrodd Mam-gu. 'Ti'n cofio, Ifan?'

Dechreuodd Owain boeni am ei fam-gu. Roedd golwg welw arni ac roedd yr holl helynt yn amlwg wedi cael effaith arni. Edrychai'n fach ac yn eiddil wrth iddi eistedd yn y gadair fawr wrth y lle tân.

'Pam yn y byd fyddai unrhyw un yn gwneud peth mor dwp?' holodd Rhian yn syn.

'Wel, ti'n gweld, bach, hyd at 1976 roedd pobl yn cadw cathod mawr fel anifeiliaid anwes.' Crychodd Owain ei drwyn a gwrando'n fwy astud ar eiriau ei dad-cu. 'Yna, penderfynodd y llywodraeth roi stop ar yr arferiad oherwydd 'i fod e mor beryglus. Mae sôn bod cathod mawr wedi cael eu gadael yn rhydd mewn ardaloedd fel hyn, ond fel dw i newydd ddweud, dw *i* erioed wedi gweld un yn yr ardal yma,' ychwanegodd Dad-cu. 'Dere Rhian, mae'n bryd i ti a Benji fynd adre. Af i â chi 'nôl yn fy Land Rover lân i, sy'n sgleinio fel swllt, diolch i ti ac Owain.'

'Diolch am heddiw,' meddai Rhian. 'Wela i di nos fory yn y cyfarfod 'te?' holodd hi Owain yn obeithiol.

'Wrth gwrs! Bydd Owain yna, paid â phoeni,' atebodd Dad-cu, cyn diflannu trwy ddrws y gegin a chamu allan i'r clos.

3

Disgynnai'r glaw trwm dros y mynyddoedd ac ar fferm Ffair Fach. Roedd Owain wedi diflasu ar fod yn y tŷ drwy'r dydd ac roedd ar bigau'r drain yn disgwyl am y cyfarfod. Doedd ei ffôn symudol ddim yn gweithio oherwydd diffyg signal, felly roedd hi'n amhosib syrffio'r we am unrhyw newyddion na dim.

O'r diwedd, daeth yr amser i'w throi hi am y cyfarfod. Neidiodd Dad-cu, Mam-gu ac Owain i mewn i'r Land Rover yn gyflym er mwyn osgoi'r diferion gwlyb. Syllodd Owain ar y ddau gan sylwi'n syth ar y tensiwn amlwg ar eu hwynebau.

Ni ddywedodd neb yr un gair yn ystod y daith i lawr i bentre Glandŵr. Daeth rhyw ias dros Owain wrth iddo gael ei atgoffa o'r un math o ddistawrwydd lletchwith fyddai'n llenwi'r tŷ ar ôl i'w fam a'i dad fod yn cweryla. Fel y troeon hynny, penderfynodd gadw'n dawel.

Roedd y pentre fel ffair. Gellid yn hawdd credu bod Cymru gyfan wedi glanio yng Nglandŵr y noson honno, ac roedd pawb yn tyrru'n frwd tuag at y Neuadd Goffa.

'Ewch chi mas fan hyn. Dw i'n mynd i chwilio am rywle i barcio,' meddai Dad-cu.

Ond os oedd y pentre'n brysur, roedd y neuadd yn ferw gwyllt. Gallai Owain deimlo cynnwrf y dorf wrth iddo wrando ar bawb yn siarad ymysg ei gilydd. Roedd rhai newydd-iadurwyr yn adrodd eu darnau o flaen y camerâu, ac eraill wrthi'n brysur yn ysgrifennu yn eu llyfrau nodiadau. Yna, gwelodd Owain Rhian yn chwifio'i llaw arno ac yn pwyntio at ddwy sedd wag wrth ei hymyl.

'Dilynwch fi, Mam-gu,' meddai Owain, cyn mynd i eistedd yng nghanol y neuadd wrth ymyl ei ffrind newydd.

Gwenodd tad a mam Rhian yn gynnes ar Owain cyn troi i siarad â'i fam-gu.

'Dw i erioed wedi gweld cymaint â hyn o bobl yn y pentre. Mae e mor gyffrous!' meddai Rhian wrth Owain yn dawel.

Ar y llwyfan o'u blaenau roedd heddwas, dyn mewn siwt frown a rhyw ŵr anniben yr olwg yn eistedd y tu ôl i ford hir. Wrth ochr y ford roedd yna fwrdd bach arall wedi'i orchuddio â lliain gwyn. Dechreuodd Owain deimlo'n chwilfrydig.

Roedd e'n siŵr fod rhywbeth pwysig yn cuddio o dan y lliain.

Yna'n sydyn, camodd Ifan Daniel fel cawr ar draws y llwyfan â'i wynt yn ei ddwrn cyn ymuno â'r lleill y tu ôl i'r ford. Tynnodd ei gap oddi ar ei ben a cheisio rhoi ychydig o drefn ar ei wallt llwyd, gwyllt. Cododd y dyn yn y siwt frown ar ei draed a thawelodd y neuadd.

'Wel, gyfeillion, diolch i chi i gyd am ddod yma heno ar fyr rybudd fel hyn. Dw i'n siŵr bod pawb wedi clywed erbyn hyn am yr honiad bod cath fawr ddu yn crwydro ardal Parc Cenedlaethol Bryn Bugail. Fy enw i yw Dafydd Tomos, a dw i yma ar ran Undeb y Ffermwyr i gadeirio'r cyfarfod yma heno. Y dynion eraill ar y llwyfan yw Sarjant Jones ar ran yr heddlu, Ifan Daniel, warden y parc cenedlaethol, ac Edwin Evans. Ar ôl i ni wrando ar Edwin, fe gewch chi holi cwestiynau. Diolch, Edwin.'

Cododd Edwin ar ei draed gan edrych yn araf ac yn filain ar y gynulleidfa.

'Pwy yw Edwin?' gofynnodd Owain i Rhian yn dawel. Doedd e ddim yn hoffi golwg y dyn dieithr yn ei ddillad anniben a'i lygaid miniog, tywyll.

'Mae e'n byw ar ff3erm Felin Fach, ddim yn bell

oddi wrthon ni. Dyw e ac Ifan ddim yn hoffi'i gilydd,' atebodd Rhian.

'Pam?' gofynnodd Owain eto. Doedd ei dad-cu ddim yn un i ddal dig yn erbyn neb, meddyliodd.

'Wel, mae Ifan wedi dal Edwin yn potsio sawl gwaith. Mae e'n enwog am ddwyn pysgod o'r afon. Mae pobl hefyd yn gweud ei fod e wedi bod yn dwyn y merlod gwyllt o ben y mynydd er mwyn eu gwerthu nhw, ond does dim tystiolaeth i brofi hynny,' meddai Rhian, yn amlwg wedi cael ei digio. 'Mae e'n codi ofn ar bobl yr ardal.'

'Heblaw am Dad-cu,' meddai Owain yn falch. Gwenodd Rhian a nodio'i phen i gytuno.

Camodd Edwin yn araf tuag at y bwrdd bach â'r lliain gwyn. Sythodd Owain ei gefn er mwyn cael gweld yn well. Roedd e'n siŵr iddo weld y dyn yn gwenu'n slei. Tynnodd y lliain i ffwrdd yn sydyn fel rhyw gonsuriwr, cyn gweiddi, 'Dyma beth weles i'.

Ffrwydrodd fflachiadau camerâu fel storm o fellt o gwmpas y stafell. Ebychodd pawb mewn sioc o weld yr hyn oedd o'u blaenau, sef llun anferth o gath fawr ddu yn gorwedd wrth wal gerrig. Roedd y neuadd yn llawn bwrlwm gwyllt.

'Edwin, ble dynnoch chi'r llun?' holodd newyddiadurwr.

'Pan o'n i allan yn cerdded yn y mynyddoedd,' atebodd yntau. 'Drwy lwc, roedd camera gen i.'

'Ife dyma'r tro cyntaf i chi weld y gath?' holodd rhywun arall.

'Na. Dw i wedi'i gweld hi o'r blaen . . . wrth hela ryw fis yn ôl.'

'Pam nest ti mo'i saethu hi â dy ddryll bryd hynny 'te?' holodd Dad-cu'n ddrwgdybus o'r stori.

'Ifan bach, ges i gymaint o sioc ac ofn. 'Nes i rewi fel delw,' atebodd Edwin yn sur.

'Dw i erioed wedi gweld unrhyw dystiolaeth go iawn sy'n profi bod cath fawr yn crwydro mynyddoedd y parc 'ma,' protestiodd Dad-cu.

'Ond dyma'r prawf fan hyn,' atebodd Edwin yn grac gan bwyntio at y llun.

Nodiodd nifer o bobl eu pennau gan gytuno ag Edwin. Dechreuodd eraill weiddi'n uchel. Roedd hi'n amlwg i Owain fod pobl Glandŵr yn credu'r stori. Cododd Dafydd Tomos ei ddwylo er mwyn ceisio tawelu'r dorf.

'Mae rhai ffermwyr wedi cwyno bod eu defaid wedi diflannu'n ddiweddar,' meddai.

'Ydyn glei,' gwaeddodd ffermwr o gornel y neuadd. 'Mae'n amlwg taw'r gath yma sydd ar fai.'

'Allwn ni ddim fforddio colli rhagor,' gwaeddodd ffermwr arall.

'Ble mae cyrff y defaid?' holodd Dad-cu. 'Byddai'r gath yma wedi gadael olion o'u cyrff nhw ar ôl.'

'Mae'n rhaid ei bod hi wedi mynd â'r defaid 'nôl i'w ffau,' atebodd Edwin yn ffyrnig. 'A beth bynnag, sut gwyddon ni mai dim ond un gath sy'n crwydro'r wlad? Efallai fod 'na ragor!'

Dechreuodd y bwrlwm eto wrth i don o fwmial ofnus olchi drwy'r neuadd.

'Beth mae'r heddlu'n mynd i'w neud am hyn?' holodd rhywun arall.

'Mi fyddwn ni'n cadw llygad barcud ar y sefyllfa,' meddai Sarjant Jones. 'Yn y cyfamser, mae'r heddlu'n gofyn i bawb fod yn ofalus a chadw allan o'r parc cenedlaethol am y tro.'

'Hefyd, mi fydd cewyll yn cael eu gosod ar hyd a lled y parc er mwyn ceisio dal y gath,' ychwanegodd Dafydd Tomos.

Roedd pobl yn dal i sibrwd ac yn pwyso a mesur yr hyn oedd yn cael ei ddweud.

'Roedd yr holl sibrydion ar hyd y blynyddoedd yn wir wedi'r cyfan!' clywodd Owain ei fam-gu'n dweud wrth iddi rwbio'i dwylo'n nerfus.

'Ydych chi am ddod â'r fyddin yma i ddal y gath?' holodd un o'r newyddiadurwyr brwd.

'Hy! 'Sdim eisiau i'r fyddin ddod lan fan hyn, a 'sdim angen y cewyll 'ma chwaith,' gwaeddodd Edwin yn uchel. 'Mi ddala *i*'r gath 'ma i chi, bois bach. Fydd y lle 'ma'n saff unwaith eto mewn wythnos neu ddwy, dw i'n addo.'

Dechreuodd y dorf weiddi a churo dwylo'n fodlon. Gwelodd Owain y criwiau newyddion yn rhuthro i siarad ag Edwin wrth iddo gamu oddi ar y llwyfan. Roedd Owain wedi dod i benderfyniad. Doedd e ddim yn hoffi Edwin. Allai e ddim peidio â theimlo bod yna rywbeth amheus ynghylch y dyn.

'Edrych! Mae e wrth ei fodd â'r holl sylw,' meddai Mam-gu wrth weld Edwin yn siarad o flaen y camerâu teledu. 'Dere Owain, mae'n bryd i ni fynd adre.'

'Galwch draw pan gewch chi gyfle,' meddai mam Rhian wrth Mam-gu. 'Dewch ag Owain hefyd.'

'O, diolch! Byddwn ni'n siŵr o wneud,' atebodd hithau'n hapus.

Dechreuodd Owain a Mam-gu wau eu ffordd drwy'r dyrfa i gyfeiriad drws y neuadd. Wrth iddyn nhw adael, sylwodd Owain ar fachgen mawr mewn siwmper werdd yn rhythu arno. Roedd dau fachgen arall yn sefyll y tu ôl iddo. Doedd Owain erioed wedi gweld y bechgyn o'r blaen. Serch hynny, gallai synhwyro o'r olwg fileinig yn llygaid y mwyaf o'r tri nad oedd e'n hoff o gwbwl ohono yntau chwaith. Gwthiodd y syniad o'i ben, cyn troi 'nôl i gyfeiriad y drws a dilyn Mam-gu allan o'r neuadd swnllyd cyn gynted â phosibl.

4

Aeth rhai wythnosau heibio, a'r rheini'n wythnosau prysur dros ben. Roedd Owain a Rhian wedi bod wrthi'n helpu Ifan Daniel i roi arwyddion i fyny ar y llwybrau cyhoeddus ac yn y meysydd parcio o gwmpas Bryn Bugail.

'MAE'R PARC AR GAU. DIM MYNEDIAD' oedd y geiriau mewn llythrennau bras ar yr arwyddion.

Roedd y ganolfan ymwelwyr yn dawel, er mai dyma amser prysura'r flwyddyn fel arfer. Ond nid felly eleni. Doedd yr un enaid byw i'w weld yn crwydro'r mynyddoedd. Heblaw am yr anifeiliaid, wrth gwrs.

Gadael hefyd wnaeth y newyddiadurwyr. Roedd rhai ohonyn nhw wedi llyncu stori Edwin yn gyfan. Roedd yntau'n brolio'n uchel ei fod e a'i griw o ddilynwyr wrthi ddydd a nos yn hela'r gath wyllt ryfedd hon oedd wedi'i gweld yn crwydro'r ardal yn lladd anifeiliaid diniwed. Serch hynny, roedd y trapiau'n wag. Roedd y stori, o ganlyniad, wedi tawelu. Ond dal i gwyno wnâi'r ffermwyr fod y defaid yn prinhau, er nad oedd neb wedi cael cipolwg o'r gath fawr ddu.

Daeth Owain a Rhian yn dipyn o ffrindiau. Bob tro y byddai Ifan yn mynd lan i ardal Llyn Brenin i gadw llygad ar y cewyll ac ar yr holl anifeiliaid gwyllt – yn cynnwys y ceirw, y merlod a'r geifr gwyllt – byddai'r ddau'n cael mynd i'r llyn i bysgota.

Aeth Rhian ati i ddysgu Owain sut i bysgota, ac yn wir, gyda thipyn bach o ymarfer, roedd yntau'n gwella gyda phob gwers. Ond, er mwyn

cadw Mam-gu'n hapus, cytunwyd y byddai Dad-cu'n mynd gyda nhw'n gwmni bob amser. Roedd pobl yr ardal yn dal i fod yn ofidus iawn ynglŷn â'r gath.

Un bore, cyhoeddodd Dad-cu ei fod ar fin gadael am Lyn Brenin. Roedd wedi casglu'r merlod mynydd i gyd at ei gilydd y noson cynt a'u cau mewn lloc, gyda help tad Rhian. Byddai Ifan yn gwneud hyn bob blwyddyn er mwyn gwneud yn siŵr bod yr anifeiliaid yn iach ac mewn cyflwr da.

'Ga i ddod gyda chi?' holodd Owain yn llawn cyffro.

'Cei, wrth gwrs. Dw i angen dy help di i neud yn siŵr nad oes neb yn cerdded ar lwybrau'r parc,' atebodd ei dad-cu.

Roedd Dad-cu wedi trefnu bod Mam-gu'n mynd i dreulio'r diwrnod ar fferm Fron Goch, cartref teulu Rhian, tra byddai Rhian, ei thad, Benji'r ci ac Owain yn dod i'w helpu yntau.

Erbyn i'r Land Rover coch gyrraedd Llyn Brenin, roedd yr haul llachar yn uchel yn yr awyr. Parciodd Dad-cu'r cerbyd yng nghysgod craig uchel cyn estyn bag i Owain.

'Reit, mae set radio yn hwn. Os gwelwch chi unrhyw beth rhyfedd, galwch fi. Mae sbienddrych yr un i chi fan hyn, felly cadwch lygaid barcud ar y wlad o'ch cwmpas,' meddai Dad-cu, yn ei lais wardenaidd swyddogol.

'Mae dy fam wedi pacio digon o frechdanau i chi hefyd. Allech chi fyw ar y rhain am wythnos gyfan,' meddai tad Rhian yn bryfoclyd. 'Welwn ni chi'n nes 'mlaen 'te – byddwch yn ofalus.'

'Arhoswch wrth y Land Rover drwy'r amser, chi'n clywed?' gorchmynnodd Dad-cu, cyn troi i gyfeiriad y goedwig lle roedd y merlod yn dal yn ddiogel yn y lloc.

Eisteddodd Owain, Rhian a Benji yng nghysgod y cerbyd coch.

'Mae hyn yn gyffrous,' meddai Rhian. 'Beth wnewn ni os gwelwn ni'r gath fawr?'

'Tynnu llun neu fideo ar fy ffôn,' atebodd Owain.

'Waw, mae'r ffôn 'na wedi costio rhywbeth, weden i. Ble gest ti fe?'

'Anrheg pen-blwydd gan Mam a Dad,' atebodd Owain yn dawel.

'Beth sy'n bod? Pam wyt ti mor drist?'

'Dim. 'Sdim byd yn bod.'

'Bydden i'n dwlu cael anrheg fel 'na. Dere 'mlaen, gwed wrtha i beth sy'n bod,' mynnodd Rhian eto.

Edrychodd Owain ar y borfa las oedd yn tonni o'u cwmpas yn y gwynt. Roedd dagrau wedi dechrau llenwi ei lygaid. Gwnâi ei orau i beidio crio, ond roedd hi'n amhosib.

'Mae Mam a Dad yn mynd i wahanu. Dyna pam dw i'n aros gyda Mam-gu a Dad-cu dros wyliau'r haf,' meddai Owain wrth i'r dagrau lifo i lawr ei fochau. 'Does neb wedi dweud dim byd pendant wrtha i, ond dw i'n gwbod yn iawn beth sy'n digwydd. A falle mai fi yw'r rheswm dros yr holl gweryla.'

Ysgydwodd Rhian ei phen yn araf. Teimlai drueni dros ei ffrind.

'O! Mae'n ddrwg 'da fi, Owain,' meddai'n dyner. 'Wyt ti wedi trafod pethau gyda Mam-gu a Dad-cu?' holodd.

'Naddo, ddim eto. Dw i ddim yn gwbod beth i'w ddweud. Dw i ddim isie iddyn nhw boeni am y peth,' atebodd Owain yn drist.

'Paid ti â becso am hynny. Siarada â nhw am y peth. Maen nhw'n siŵr o fod yn teimlo yr un fath â ti,' meddai Rhian cyn rhoi ei braich o gwmpas ei ysgwydd.

Yn sydyn, cododd Benji ar ei draed a chwyrnu'n dawel. Roedd hi'n amlwg fod rhywbeth yn ei boeni. Syllodd Owain a Rhian i'r un cyfeiriad â Benji, a chael tipyn o syndod. Oedd. Roedd tri bachgen yn syllu arnyn nhw. Roedd hi'n union fel petaen nhw wedi ymddangos o unman.

'O, 'na neis! Mae cariad 'da Rhian, bois,' meddai llais sbeitlyd y bachgen mawr mewn siwmper werdd. Chwarddodd y ddau arall yn uchel.

'Cer i grafu, Siôn, a cher â dy frodyr bach gyda ti,' meddai hithau gan godi ar ei thraed mewn tymer.

Roedd Owain wedi gweld y bechgyn yma o'r blaen yn rhywle. Cofiodd mewn fflach. Wrth gwrs! Roedd y tri yn y cyfarfod yn y Neuadd Goffa ar ddechrau'r gwyliau. Yr un mawr yn y siwmper werdd rythodd yn gas arno wrth iddo adael y neuadd gyda'i fam-gu.

''Sdim hawl 'da chi i fod fan hyn,' meddai Owain gan godi ar ei draed. 'Mae'r parc ar gau i'r cyhoedd oherwydd y gath fawr.'

'Paid ti â phoeni am y gath – bydd Dad yn delio 'da honna. Ta beth, ry'n *ni*'n byw yn yr ardal. Pwy wyt *ti* i ddweud wrthon *ni* beth allwn ni neud?' holodd Siôn yn gas.

Roedd hi'n amlwg i Owain mai Edwin oedd tad y bechgyn. Roedd Siôn ac yntau mor debyg i'w gilydd, yn enwedig y llygaid miniog, tywyll.

'Tad-cu yw warden y parc,' atebodd Owain.

'Hy! 'Sdim ofn Ifan Daniel arna i,' broliodd Siôn. 'Fe yw'r warden gwaethaf yng Nghymru!'

Chwarddodd y ddau frawd arall, ychydig bach yn uwch y tro hwn.

'Sawl gwaith mae dy dad wedi bod yn y llys achos bod Ifan wedi ei ddal yn potsio yn yr afonydd neu'n hela ar dir y parc?' holodd Rhian yn chwyrn. 'Dyw e ddim mor wael â hynny fel warden, mae'n amlwg.'

Camodd Siôn yn fygythiol tuag at Rhian. Edrychai hi mor fach ar bwys y bwli mawr. Yna safodd Owain o flaen ei ffrind er mwyn ei gwarchod rhag Siôn. Syllodd y ddau fachgen ar ei gilydd. Er bod Siôn dipyn yn lletach nag Owain, roedd y ddau'n weddol gyfartal o ran taldra.

'Wel, wel! Edrychwch, bois, mae hwn yn trio amddiffyn 'i gariad,' gwawdiodd Siôn. Gwenodd y ddau arall cyn dechrau gwneud sŵn cusanu.

'Mae'r parc ar gau,' meddai Owain unwaith eto. Roedd ei galon yn curo'n gyflym a'i goesau'n dechrau crynu, ond doedd e ddim am ddangos hynny i Siôn a'i frodyr. Taflodd gipolwg sydyn ar Rhian. Gwelodd Siôn ei gyfle a gwthio Owain i'r llawr â'i ysgwydd.

Chwyrnodd Benji'n uchel a dangos ei ddannedd. Wrth glywed yr holl chwyrnu a gweld yr olwg fygythiol yn llygaid y ci defaid o'i flaen, stopiodd Siôn yn stond. Dechreuodd edrych yn nerfus. Cododd ei ben a gwenu'n slei ar Owain a Rhian.

'Dw i ddim wedi gorffen 'da chi'ch dau. Y tro nesa byddwch chi mas heb y ci 'ma, fyddwch chi ddim mor lwcus. Dewch, bois!' meddai, gan arwain ei ddau frawd allan o'u cuddfan. Ond cyn mynd, trodd Siôn gan weiddi, 'Mae Dad yn mynd i ddal y gath 'na cyn i Ifan Daniel neud. Gewch chi weld.'

Cododd Owain ar ei draed yn araf a gwylio'r brodyr yn diflannu dros y bryn.

'Mae'n rhaid i ni helpu Dad-cu i ddal y gath,' meddai'n benderfynol. 'Beth allwn ni neud?'

'Dw i'n gwbod,' atebodd Rhian, 'beth am i ni gwrdd 'to cyn iddi nosi a mynd ar batrôl o gwmpas y caeau? Unwaith welwn ni'r gath, allwn ni rybuddio Ifan a'r heddlu.'

'Syniad da. Ond well i ni gadw'r peth yn gyfrinach a pheidio â dweud gair wrth neb. Gewn ni fyth ganiatâd i adael y tŷ a mynd i grwydro yr adeg yna o'r nos,' awgrymodd Owain.

'Iawn. Beth am nos yfory? Tua hanner awr wedi wyth?' holodd Rhian.

Doedd dim angen i Owain feddwl ddwywaith. 'Grêt. Ble?'

'Cae Coeden. Dyna'n cae pellaf ni, ac mae'n ffinio â chaeau top fferm Ifan Daniel. Mae coedwig Cwm Mydr yn dechrau ar waelod y caeau hynny. A wyddost ti byth, falle mai lawr ar waelod y cwm hwn mae'r gath yn cuddio,' meddai Rhian yn llawn cyffro.

'Ac os yw hi, byddwn ni'n siŵr o'i gweld hi,' atebodd Owain.

*   *   *

Ymhen rhai oriau, daeth Ifan a thad Rhian yn ôl at y Land Rover. Roedd golwg ddifrifol ar wynebau'r ddau.

'Beth sy'n bod?' holodd Owain.

''Sdim golwg o'r merlod yn unman. Roedd gât y lloc ar agor. Ry'n ni wedi chwilio ym mhob twll a chornel,' atebodd tad Rhian.

'Efallai eu bod nhw wedi cicio'r gât i lawr ac wedi ffoi i ran arall o'r parc,' awgrymodd Rhian.

'Mae hynny'n bosib,' meddai Dad-cu. 'Ewn ni ati i chwilio amdanyn nhw fory. Mae'n hen bryd i ni fynd adre. Dewch.'

Neidiodd y criw i mewn i'r cerbyd coch. Penderfynodd Owain gadw'n dawel am yr helynt gyda meibion Edwin. Roedd am helpu ei dad-cu'n dawel bach drwy chwilio am y gath gyda Rhian. Roedd yn benderfynol o ddangos i Siôn pwy oedd y gorau.

*   *   *

Wrth i'r Land Rover droi am adref, roedd pâr o lygaid yn gwylio'r cerbyd yn diflannu dros y bryn. Roedd popeth yn dawel unwaith eto, ac roedd hynny'n siwtio'r gwyliwr i'r dim.

5

Paciodd Owain y sbienddrych yn ei fag. Teimlai'n siŵr ei fod wedi cofio popeth. Byddai'n rhaid iddo fod yn dawel wrth adael y tŷ drwy'r drws cefn. Doedd y drws byth yn cael ei gloi, heblaw dros nos, wrth gwrs.

Cerddodd Owain yn ofalus i lawr y grisiau. Teimlai fel llygoden oedd yn ceisio peidio â thynnu sylw cath. O'r diwedd, llwyddodd i sleifio trwy'r drws cefn ac allan i'r ardd. Rhedodd yn gyflym heibio'r potiau blodau a rhwng y rhychau llysiau nes ei fod yn rhydd.

Cyn gynted ag y cyrhaeddodd waelod yr ardd, llifodd ton o euogrwydd drosto. Roedd yn gas gan Owain ddweud celwydd wrth Mam-gu a Dad-cu, ac roedd y noson honno wedi bod yn un rhes hir o gelwyddau. Ar ôl swper, roedd wedi esgus ei fod e'n teimlo'n dost ac wedi mynd i'r gwely'n gynnar. Ac wrth gwrs, fe wnaeth Mam-gu fôr a mynydd o'r peth. Ond roedd hi'n amlwg ei bod hi'n poeni'n arw amdano. Tybed a oedd Mam wedi sôn wrthi am y problemau gyda'i dad eto? Roedd Rhian yn iawn. Byddai'n rhaid iddo siarad gyda nhw am y peth.

O'r diwedd, cyrhaeddodd Cae Coeden. Roedd Rhian a Benji'n eistedd ym môn y clawdd yng nghysgod y goeden onnen. Tu ôl i'r goeden roedd coedwig Cwm Mydr yn ymestyn yn dawel ac yn llonydd tua'r gorllewin.

'Ti 'ma o'r diwedd,' meddai Rhian.

'Ie, dw i'n gwbod 'mod i'n hwyr. Sori.' Tynnodd Owain y sbienddrych allan o'i fag.

'Ble mae'r sbienddrych arall?' holodd Rhian.

'Dim ond un oedd ar gael. Mae'r pâr arall gan Dad-cu yn rhywle. Mae e wedi bod allan drwy'r dydd yn chwilio am y merlod,' atebodd Owain.

'Ffindodd e nhw?'

'Naddo. 'Sdim golwg ohonyn nhw'n unman. 'Sdim golwg o'r ceirw a'r geifr gwyllt chwaith! Mae e'n dechrau poeni.'

'Falle bod Edwin yn iawn. Falle bod mwy nag un gath o gwmpas y lle 'ma,' meddai Rhian yn llawn cyffro.

Chwarddodd Owain. 'Hy! Byddai angen llond cae o gathod mawr i fwyta'r holl anifeiliaid yna.'

Trodd Rhian yn ddifrifol at Owain cyn dweud, 'Mae pethau rhyfedd iawn wedi bod yn digwydd yn yr ardal 'ma'n ddiweddar.'

Tawelodd y ddau ffrind yn sydyn cyn rhewi fel delwau wrth glywed sŵn rhywbeth yn symud i gyfeiriad y goedwig. Daeth y sŵn yn nes ac yn nes. Yna ffrwydrodd carw mawr coch allan o'r coed. Stopiodd yn stond ac edrych yn wyllt ar Owain a Rhian â'i lygaid mawr. Edrychai ei gyrn fel canghennau coeden heb ddail. Chwythai stêm allan o'i drwyn fel draig. Yna, yn sydyn, trodd a charlamu i ffwrdd i gyfeiriad y goedwig unwaith eto.

Roedd calon Owain yn curo fel drwm erbyn hyn. Roedd Rhian mewn sioc hefyd. Syllodd y ddau'n geg agored ar ei gilydd. Ond, cyn i neb fedru yngan gair, daeth sŵn unwaith eto o gyfeiriad y cwm – sŵn gwahanol y tro yma. Nid sŵn unrhyw anifail oedd hwn. Roedd yn sŵn llawer mwy ffyrnig a bygythiol.

Gwrandawodd y ddau'n fwy astud, cyn sylweddoli beth oedd yn achosi'r holl dwrw – sŵn beiciau modur a dynion yn gweiddi!

'Mae'n rhaid bod rhywun wedi dal y gath,' meddai Rhian yn syn.

'Dere, awn ni i weld,' meddai Owain yn llawn chwilfrydedd.

Rhedodd y ddau a'r ci drwy'r coed i gyfeiriad y sŵn. Roedd hi'n dywyll yn y goedwig, a'r coed i gyd yn edrych fel byddin o filwyr yn martsio

tuag atyn nhw o bob man. Stopiodd Owain er mwyn cipio anadl. Daeth Rhian draw ato â'i hanadl hithau yn ei dwrn.

Gallai Owain glywed lleisiau'r dynion gerllaw'n glir iawn erbyn hyn. Syllodd drwy'r tywyllwch ar y cae bach ar waelod y cwm. Yn y cae hwnnw, gallai weld cysgodion criw o ddynion yn gyrru ceirw i mewn i loc anferth ar gefn beiciau modur. Wrth ymyl y lloc, roedd yna lorri wedi'i pharcio'n barod i dderbyn yr anifeiliaid.

'Maen nhw'n dwyn y ceirw!' sibrydodd Rhian yn flin.

Tynnodd Owain ei ffôn allan o'i boced. 'O na!' meddai'n grac. ''Sdim signal yma. Alla i ddim ffonio Tad-cu na'r heddlu nawr!'

'O! Beth newn ni?' holodd Rhian.

Bu'r ddau'n ddistaw am rai eiliadau wrth geisio meddwl. Yna, fel fflach, cafodd Owain syniad.

'Wrth gwrs! Dw i'n gwbod! Galla i recordio lluniau fideo ar y ffôn yma. Unwaith y bydda i wedi gwneud hynny, allwn ni fynd â'r dystiolaeth yn syth at yr heddlu,' meddai Owain gan wenu'n fodlon.

'Syniad da,' cytunodd Rhian.

Felly, ar ôl gwasgu ychydig o fotymau ac anelu'r ffôn yn bwrpasol tua gwaelod y cwm, recordiodd Owain y dynion yn erlid y ceirw i mewn i'r lorri fawr. Recordiodd hefyd rif y plât cofrestru ar gefn y lorri er mwyn ceisio gwneud yn siŵr y byddai modd darganfod pwy oedd ei pherchennog a'i gwneud hi'n haws i ddal y lladron.

'Ydy popeth gyda ni?' holodd cyn diffodd ei ffôn.

'Ydy, am wn i,' atebodd Rhian.

Ond cyn i Owain gael cyfle i roi ei ffôn 'nôl yn ei fag, daeth gwaedd o'r cae islaw. O sylwi'n fanylach, gallai weld bod un o'r dynion yn pwyntio'i fys i gyfeiriad eu cuddfan nhw yn y coed.

'O, na!' meddai Rhian wrth weld dau ddyn yn dechrau gwneud eu ffordd tuag atyn nhw. 'Maen nhw wedi'n gweld ni!' meddai'n ofnus. 'Be newn ni?'

Taflodd Owain ei ffôn ati'n ofalus. 'Cer â'r ffôn adre a dangos y fideo i dy rieni. Wedyn ffoniwch yr heddlu. Mi dynna i sylw'r dynion wrth redeg i'r cyfeiriad arall. Nawr cer!'

Rhedodd Owain fel y gwynt drwy'r coed gan weiddi'n uchel. Edrychodd dros ei ysgwydd.

Oedd, roedd y cynllun wedi gweithio. Roedd dyn bach tenau a dyn mawr tew yn ei ddilyn wrth i Rhian a Benji lwyddo i ddianc yn dawel i'r cyfeiriad arall. Yna'n sydyn, teimlodd Owain law yn gafael ynddo.

'Wel, wel!' meddai'r llais. 'Beth sy 'da ni fan hyn 'te?'

Roedd calon Owain yn ei wddf erbyn hyn wrth iddo geisio gwingo'i ffordd allan o afael y llaw oedd yn cydio'n dynn yn ei war.

'Mae hi braidd yn hwyr i fod yn crwydro o gwmpas y goedwig, on'd yw hi?' meddai'r llais, oedd yn swnio'n gyfarwydd. 'Ydy Ifan Daniel yn gwybod dy fod ti mas yr adeg hyn o'r nos?'

Llais Edwin oedd e, sylweddolodd Owain ar unwaith. Trodd yn sydyn a gweld ei wyneb hagr yn gwenu'n slei arno.

'Gadewch fi'n rhydd!' gwaeddodd Owain.

'Bydd di'n dawel,' bloeddiodd Edwin. 'Ar ben dy hunan wyt ti, neu oes 'da ti gwmni bach? Nawr 'te, ble mae hi, Rhian?'

'Y . . . y . . . 'sdim syniad 'da fi,' meddai Owain. 'Dim ond fi sy 'ma.'

'Ife nawr,' meddai Edwin gan grechwenu unwaith eto. Gallai Owain ei deimlo'n syllu'n hir arno â'i lygaid miniog, tywyll. 'Dw i wedi bod

yn cadw llygad barcud arnat ti, was. Dw i'n
gwbod yn iawn faint o amser rwyt ti wedi bod yn
'i dreulio lan wrth y llyn gyda dy ffrind. Ry'ch
chi bob amser gyda'ch gilydd.'

Syllodd Owain yn dawel ar Edwin. Roedd
yn cydio'n dynn yng ngholer ei got. Dyna
ryfedd, meddyliodd. Doedd e ddim wedi hoffi'r
dyn o'r cychwyn cyntaf, byth ers ei weld yn y
cyfarfod yn y pentre ar ddechrau'r gwyliau.
Ac erbyn hyn, gallai weld yn iawn pam. Roedd

Edwin yn codi ofn arno. O! byddai Owain wedi rhoi'r byd er mwyn cael ei dad-cu gydag ef yn awr.

'Wyt ti wedi colli dy dafod?' holodd Edwin, yn amlwg yn dechrau colli amynedd.

Trodd i wynebu'r ddau ddyn arall oedd wedi cyrraedd ar hyd llwybr y goedwig erbyn hyn. Roedd bola un ohonyn nhw wedi chwyddo fel balŵn wrth frwydro am anadl. Edrychai ei fochau tewion fel dau domato, ac roedd hi'n amlwg ei fod e'n dioddef ar ôl bod yn rhedeg ar ras o'r ddôl islaw.

'Ianto, Glyn, cerwch i chwilio am y ferch. All hi ddim fod wedi mynd ymhell. Ond cofiwch, os na ddewch chi o hyd iddi ar ôl hanner awr, dewch 'nôl,' cyfarthodd Edwin ei gyfarwydd-iadau. Roedd hi'n amlwg mai ef oedd arweinydd y criw.

'Beth am y bachgen?' holodd Ianto. Rhedai diferion o chwys i lawr ei wyneb, yn gymaint felly nes diffodd y stwmpyn sigarét oedd yn hongian o gornel ei geg.

'Paid â phoeni, mae *e*'n dod gyda ni,' atebodd Edwin gan wenu'n slei unwaith eto.

Ar unwaith, cafodd Owain ei arwain i gyfeiriad y lorri. Roedd wedi gwneud ei orau i dynnu sylw'r lladron. Gweddïodd yn dawel fod Rhian wedi ei heglu hi'n syth am adre. Roedd y cyfan yn dibynnu arni hi nawr.

6

Gwingai Owain yn anesmwyth yn ei sedd, a'i ddwylo wedi'u clymu'n dynn â darn o raff. Nofiai mwg llwyd o sigarét Ianto'n araf o gwmpas cab y lorri gan wneud iddo besychu. Roedd y mwg, a drewdod ei chwys, yn annioddefol. Byddai bath hir yn gwneud byd o les iddo, meddyliodd Owain. Eisteddodd yn dawel rhwng y lladron. Doedd dim gobaith iddo ddianc.

Roedd Edwin yn gyrru fel dyn gwyllt. Rhuai'r lorri'n beryglus o gyflym ar hyd y ffyrdd gwledig oedd yn arwain i fyny o'r ddôl yn ôl i gyfeiriad y pentref. Roedd hi'n amlwg nad oedd yr un ohonyn nhw'n credu stori Owain. Serch hynny, rhaid bod Rhian wedi llwyddo i ddianc oherwydd daeth Ianto a Glyn yn ôl yn waglaw ar ôl bod yn chwilio amdani yn y goedwig.

'Bydd yn ofalus, Edwin,' meddai Ianto.

'Ond mae amser yn ein herbyn ni,' gwaeddodd Edwin. 'Mae'n rhaid i ni gael y ceirw 'ma 'nôl i'r fferm. Bydd yn rhaid i'r criw arall ddod draw i'w nôl nhw a'r merlod heno. Mae gormod o dystiolaeth yn y sied. A tase rhywun yn digwydd galw . . .'

'Gwranda nawr, mae pawb wedi credu'r stori am y gath,' meddai Glyn gan geisio cysuro Edwin. Roedd ei lais sgrechlyd yn codi cryd ar Owain!

'Mae'r ffermwyr yn meddwl mai'r gath sydd wedi dwyn eu defaid nhw,' chwarddodd Ianto'n groch, cyn stwffio llond llaw o greision blas caws a winwns i mewn i'w geg anferth.

'Yn gwmws. Mae'r cynllun yn gweithio'n grêt a phawb yn neud arian da,' ychwanegodd Glyn.

'A 'ta beth, 'sneb yn gwbod mai ni sy'n gyfrifol am ddwyn yr anifeiliaid,' meddai Ianto'n hyderus. Tasgodd darnau o greision allan o'i geg cyn glanio ar ei fola mawr crwn.

'Hy!' wfftiodd Edwin. '*Mae* rhywun yn gwbod nawr, y ffŵl!'

'Ond dim ond crwtyn ysgol yw e. Paid poeni, achan,' wfftiodd Glyn wrth edrych ar Owain.

'Cofia di, *ŵyr* warden y parc yw'r "crwtyn ysgol" 'ma. Unwaith y bydd Ifan Daniel yn sylweddoli 'i fod e ar goll, bydd yr heddlu a phob person arall yn yr ardal 'ma'n crwydro'r wlad yn chwilio amdano fe! A dyna'r peth diwethaf dw i isie!' gwaeddodd Edwin yn uchel. 'Mae'n rhaid i ni gael gwared ar yr anifeiliaid! Heno!'

Aeth y dynion yn y lorri'n dawel. Roedd hi'n amlwg fod Edwin wedi codi ofn arnyn nhw. Gallai Owain weld y ddau'n edrych ar ei gilydd.

'Gest ti wared ar y tegan?' holodd Ianto'n dawel.

'Pa degan?' holodd Glyn yn dwp.

'Yr hen gath ddu wedi'i stwffio ddefnyddion ni ar gyfer y llun, y twpsyn!'

Meddyliodd Glyn yn galed am eiliad. Yna ysgydwodd ei ben yn araf.

'Fi oedd fod i neud hynna?' holodd yn syn.

'O'r nefoedd fawr! Mae hi'n dal yn sgubor Edwin!' llefodd Ianto. Cynnodd sigarét arall yn nerfus cyn taflu'r hen un allan drwy'r ffenest. 'Reit, fe losgwn ni'r hen beth yn syth pan ewn ni 'nôl! Ti'n clywed?!'

Caeodd Owain ei lygaid yn dynn wrth geisio pwyso a mesur yr hyn oedd yn cael ei ddweud o'i gwmpas. Roedd y darnau'n dechrau disgyn i'w lle. Ond doedd e ddim yn gallu credu'i glustiau. Os oedd yr hyn roedd y ddau ddihiryn wrth ei ochr yn ei ddweud yn wir, yna un celwydd mawr er mwyn cadw pobl draw o'r parc cenedlaethol oedd y stori am y gath beryglus – a'r cyfan er mwyn i Edwin a'i griw fedru mynd o gwmpas y lle'n dwyn anifeiliaid ar ôl iddi nosi, cyn eu gwerthu'n dawel bach a gwneud elw mawr iddyn nhw eu hunain. Pe bai'r heddlu ac Ifan Daniel ond yn gwybod!

Clywodd Owain sŵn mwmial isel. Agorodd ei lygaid yn fawr ac edrych o gwmpas cab y lorri. Doedd neb arall wedi sylwi. Roedd y sŵn yn mynd yn uwch ac yn uwch. Gallai Owain deimlo'r lorri'n crynu. Yna'n sydyn, disgynnodd golau llachar ar y cerbyd.

'B-b-beth sy'n digwydd?' gwaeddodd Glyn.

'O, na! Damo! Mae'n rhaid bod rhywun wedi galw'r heddlu,' sgrechiodd Edwin, wrth syllu mewn dychryn ar hofrennydd yr heddlu'n hedfan uwchben.

'Ond . . . be 'nawn ni?' holodd Ianto'n ofnus.

'Bydd dawel!' cyfarthodd Edwin unwaith eto.

Gyrrodd y lorri'n gyflymach ac yn gyflymach ar hyd lonydd yr ardal. Roedd Edwin yn gwrthod ildio. Caeodd Owain ei lygaid yn dynn unwaith eto. Roedd y gyrru gwyllt a'r drewdod yn gwneud iddo deimlo'n sâl. Câi'r lorri ei thaflu o un ochr i'r llall wrth fynd rownd y troeon yn nhywyllwch y nos wrth i'r injan ruo'n uwch ac yn uwch.

Yna'n sydyn, agorodd Owain ei lygaid yn fawr ar ôl clywed sŵn cyfarwydd wnaeth i'w du mewn roi llam o ryddhad. Oedd, roedd e'n bendant! Gallai glywed sŵn seirenau'r heddlu'n sgrechian yn uchel, ac yn fwy na hynny gwelai oleuadau glas yn fflachio o'u cwmpas ym mhobman.

'Er mwyn Duw, stopia, Edwin! Plîs!' plediodd Glyn.

'Mae hi ar ben arnon ni!' llefodd Ianto.

Fflachiodd llygaid Edwin yn ddig wrth iddo syllu ar ei gyd-deithwyr. Roedd un peth yn gwbwl amlwg. Doedd dim dianc i fod, ac roedd Edwin wedi sylweddoli hynny. Arafodd y lorri cyn dod i stop sydyn. Trodd Edwin i edrych ar Owain.

'Hy! Mae dy deulu di'n bla ar f'enaid i,' meddai'n ffyrnig o bwyllog.

Yna, cyn i neb fedru dweud gair pellach, agorwyd drysau'r cab yn ddirybudd. Llusgodd yr heddlu y tri lleidr allan o'r lorri. Gollyngodd Owain ochenaid hir o ryddhad. Roedd yr hunllef wedi dod i ben o'r diwedd, meddyliodd. Tybed a oedd y ceirw yn y cefn wedi synhwyro beth oedd yn digwydd?

Taflodd Owain yr abwyd allan i ganol y llyn.
Gwyliodd y mwydyn a osododd mor ofalus yn
ei le yn disgyn ar y dŵr cyn diflannu'n araf i'r
dyfnderoedd. Roedd wrth ei fodd yn pysgota ar
Lyn Brenin gyda Rhian. Serch hynny, doedd e
ddim wedi llwyddo i ddal yr un pysgodyn hyd
yma. Doedd bosib fod ei lwc ar fin newid,
meddyliodd.

Ymhen ychydig, rhoddodd ei wialen bysgota i
lawr yn ddiogel cyn eistedd ar garreg fawr ar lan
y dŵr. Gallai deimlo'r haul yn tywynnu'n gynnes
ar ei wyneb. Caeodd ei lygaid a gwrando ar yr
awel ysgafn yn sisial drwy'r brwyn pigog.
Clywodd chwiban uchel barcud yn galw uwch ei
ben. Roedd e'n siŵr y byddai'n gweld eisiau'r lle
yma'n fawr ar ôl treulio cymaint o amser yma
dros y gwyliau.

Cofiodd yn sydyn am gyffro'r dyddiau
diwethaf. Erbyn hyn, roedd Edwin a'i griw yn
ddiogel yn y ddalfa – ac yn ôl ei dad-cu, roedden
nhw'n debygol o fod yno am sbel go lew wedi i'r

heddlu ddod o hyd i geirw, defaid, merlod a geifr gwyllt o'r parc cenedlaethol yn siediau'r lladron.

Wrth gwrs, roedd cryn gyffro wedi bod ynghylch helynt y gath wyllt pan sylweddolodd pawb mai tegan wedi'i stwffio oedd achos yr holl ofid yn ardal Bryn Bugail dros yr wythnosau diwethaf! Roedd y papurau newydd wrth eu bodd gyda'r stori. Ar ôl cael hwyl am ben y sefyllfa, roedd yna benawdau hefyd yn datgan mai Owain oedd arwr y dydd, ac erthyglau'n ei ganmol ef a Rhian am lwyddo i ddatrys y dirgelwch. Teimlai Owain braidd yn annifyr gyda'r holl sylw, ond roedd Rhian wrth ei bodd ac yn gwneud yn fawr o'i henwogrwydd.

Taflodd Owain gipolwg ar Rhian, oedd yn pysgota ar ochr arall y llyn. Doedd e erioed wedi meddwl y byddai ganddo ferch fel ffrind! Hynny yw, tan nawr. A chwarae teg iddi, roedd hi wedi ei ddysgu sut i bysgota ac wedi bod yn gefn iddo pan oedd e'n teimlo'n isel.

Roedd e wedi dilyn ei chyngor ac wedi siarad â Mam-gu a Dad-cu am y sefyllfa gyda'i rieni. Roedd y sgwrs honno wedi bod o fudd mawr i Owain. Ac er ei fod e'n dal i boeni am bethau, roedd Dad-cu a Mam-gu wedi ceisio'i gysuro â'r ffaith nad arno fe oedd y bai. Cafodd ei argyhoeddi y byddai ei rieni'n dal i'w garu, beth bynnag fyddai'n digwydd rhyngddyn nhw.

Ymhen ychydig, daeth Rhian draw at Owain.

'Unrhyw lwc?' holodd.

'Dim byd eto,' atebodd yntau. 'Beth amdanat ti?'

Gwenodd Rhian yn hapus wrth dynnu dau frithyll yr enfys allan o'i bag.

Yn sydyn, sylweddolodd y ddau nad oedden nhw ar eu pennau eu hunain. Diflannodd gwên Rhian wrth weld Siôn a'i frodyr yn cerdded tuag atyn nhw.

'Edrychwch, bois, mae gan Rhian anrheg i ni,' meddai Siôn. Daeth y tri i sefyll yn bwdlyd wrth eu hymyl wrth i Siôn gipio'r pysgod yn fygythiol o ddwylo Rhian.

'Dere â nhw 'nôl i fi!' meddai hithau'n grac.

'Dw i'n falch o weld nad yw'r hen gi 'na gyda ti heddi,' gwawdiodd Siôn. 'Bois, cydiwch ynddi,' gorchmynnodd.

Rhuthrodd ei frodyr at Rhian a'i dal yn dynn.

'Gadewch lonydd i fi!' gwaeddodd yn uchel wrth geisio stryffaglu o'u gafael. Ond doedd dim pwynt iddi frwydro. Roedd gan y brodyr afael tyn arni, ac roedd hi'n rhy wan i ymladd yn erbyn y ddau ohonyn nhw.

Syllodd Siôn ar Owain a golwg llawn casineb yn ei lygaid.

'Mae Dad yn y ddalfa o dy achos di,' meddai'n gas.

'Beth? O! Paid â siarad dwli! Bai dy dad yw hynny. *Fe* aeth ati i ddwyn yr holl anifeiliaid 'na, nid fi,' atebodd Owain yn gadarn.

'Un bach busneslyd wyt ti. Fe gei di dalu am hyn.'

Edrychodd Siôn yn fygythiol ar Owain, ond nid oedd Owain yn fodlon ildio i'r bwli chwaith. Tynnodd anadl ddofn er mwyn arafu curiad ei galon – roedd honno'n rasio fel pe bai wedi rhedeg i gopa llethrau Bryn Bugail a 'nôl heb stopio. Byddai'n barod am Siôn y tro hwn.

Ar hynny, taflodd Siôn ei ddwrn i gyfeiriad wyneb Owain. Gwyrodd yntau'i ben wrth i'r ergyd hedfan heibio'i glust. Yna, dechreuodd Siôn wneud yr un peth â'i ddwrn arall. Ond fel y tro cynt, roedd Owain wedi symud ei ben allan o'r ffordd. Gwylltiodd Siôn a neidio'n syth amdano, ond symudodd Owain i'r ochr gan ddal ei goes allan. Doedd Siôn ddim wedi sylwi arni, a baglodd yn lletchwith gan syrthio'n bendramwnwgl i mewn i'r llyn.

Sblash!

Edrychodd y tri arall ar Owain mewn rhyfeddod. Doedden nhw ddim yn medru credu'r hyn roedden nhw newydd ei weld. Doedd neb erioed wedi gwneud hyn i Siôn o'r blaen.

60

Dechreuodd Rhian biffian chwerthin wrth frwydro i'w rhyddhau ei hun o grafangau'r ddau frawd cegrwth.

'Nawr, ewch o 'ma – glou!' meddai Owain yn gadarn.

Trodd y ddau ar eu sodlau a'i heglu hi am adre, heb feddwl ddwywaith am eu brawd hŷn oedd yn dal i stryffaglu ynghanol dŵr y llyn.

O dipyn i beth, llusgodd Siôn ei hun allan o'r dŵr. Roedd golwg ofnadwy arno. Edrychodd yn bwdlyd ar Owain cyn cerdded yn sgweltshlyd i gyfeiriad ei frodyr, ei ben yn ei blu.

'Sut yn y byd wnest ti hynna?' gofynnodd Rhian i Owain, yn llawn edmygedd ohono.

'O, soniais i ddim? Dw i'n aelod o glwb karate'r ysgol,' atebodd Owain yn hamddenol.

Yn sydyn, dechreuodd gwialen bysgota Owain dasgu'n wyllt draw wrth y garreg fawr, a'r llinyn yn dawnsio yn nŵr y llyn.

'Edrych!' gwaeddodd Rhian yn uchel.

Rhuthrodd y ddau draw i gyfeiriad y cyffro. Cydiodd Owain yn y wialen a'i chodi'n syth i fyny. Methai gredu ei lwc. Teimlai'n drwm ac anodd ei thrin. Roedd hi'n amlwg fod yna bwysau mawr ar y pen arall.

'Pysgodyn!' ebychodd Owain.

'Paid â gwylltu nawr,' meddai Rhian yn dawel. 'Cadwa'r llinyn yn dynn.'

Ond doedd beth bynnag oedd yn sownd i'r bachyn ar ben draw'r wialen ddim am ildio'n rhwydd. Aeth y frwydr ymlaen am beth amser. Gallai Owain deimlo diferion o chwys yn rhedeg i lawr ei wyneb. Roedd ei freichiau'n dechrau blino hefyd.

Yna, o'r diwedd, llwyddodd Owain i dywys y brithyll brown yn ofalus tuag ato – yn raddol bach i ddechrau, yna gydag un chwip go sydyn â'i arddwrn. Aeth Rhian ati i'w rwydo'n ddiogel – ac oedd, roedd yn bysgodyn anferth!

'Waw!' ebychodd Owain. 'Dw i'n methu credu hyn!'

Fel fflach, cydiodd yn ei ffôn symudol er mwyn tynnu llun. Byddai'n rhaid iddo ddangos y pysgodyn i'w dad-cu ac i'w rieni a'i ffrindiau i gyd! Yna, ar ôl tynnu'r llun, tynnodd y bachyn allan o geg y brithyll. Wedi iddo edrych yn ofalus ar groen llyfn a wyneb rhyfedd y pysgodyn, dyma fe'n ei roi'n ôl yn ddiogel yn nŵr y llyn.

'Hei! Be ti'n neud?' holodd Rhian yn syn.

'Dw i ddim yn hoffi pysgod,' atebodd Owain.

'Hy! Pysgotwr sy ddim yn hoffi pysgod! Dw i erioed wedi clywed am hynny o'r blaen,' meddai Rhian, cyn dechrau chwerthin, a'r dagrau'n llifo dros ei bochau cochion.

Ysgydwodd Owain ei ben a dechreuodd yntau wenu. Ymhen dim, roedd y ddau'n rholio chwerthin, nes fod ganddynt boen yn eu hochrau.

Yna'n sydyn, clywodd y ddau sŵn corn yn canu. Roedd Owain yn ddigon cyfarwydd â'r sŵn – corn Land Rover ei dad-cu oedd e, wrth i hwnnw ddod i'r golwg dros y bryn.

'Dewch wir, bois bach, mae'n amser swper,' gwaeddodd ei dad-cu'n uchel allan drwy'r ffenestr.

'O! Dad-cu! Oes rhaid i ni adael nawr?' cwynodd Owain.

'Bydd dy fam yn cyrraedd toc wedi brecwast fory, a dwyt ti ddim wedi pacio eto!' ychwanegodd Mam-gu o'r sedd flaen.

'Gaiff Rhian ddod 'nôl i swper gyda ni?' holodd Owain yn obeithiol.

'Wel caiff, wrth gwrs. Ond mae'n rhaid i ni ei throi hi sha thre,' meddai Dad-cu.

Felly, casglodd y ddau ffrind eu hoffer pysgota'n frysiog cyn rhuthro'n swnllyd tuag at y cerbyd. Taflodd Owain bopeth yn ddiseremoni i gefn y Land Rover cyn ymuno â Rhian. Roedd gan y ddau gymaint i'w ddweud wrth y warden a'i wraig am ddigwyddiadau cyffrous y dydd, a doedd dim pall ar eu sgwrs yr holl ffordd adref.

*　　*　　*

Roedd pâr o lygaid melyn yn gwylio'r cerbyd coch yn diflannu dros y gorwel. Llyfodd ei weflau a chwifio'i gynffon hir, du yn yr awel gynnes. Disgleiriai ei gorff tywyll yng ngolau'r haul llachar. Cododd y piwma ar ei draed cyn ymestyn ei gorff. Trodd gan wneud ei ffordd i gyfeiriad y mynyddoedd. Roedd hi'n amser hela.